LE NOUVEL AMOUR

EUGÈNE MARSAN

A

PARIS

CHEZ MADAME LESAGE

LE NOUVEL AMOUR

Le premier des trois portraits de femmes qui sont ici rassemblés a paru dans un vieux numéro du Divan, celui du mois d'octobre 1912.

Il n'était pas inutile de rappeler son ancienneté, puisque l'on a imité depuis le ton et la coupe de ces compositions.

Le lecteur devra se souvenir que l'homme ainsi peint — dans les monologues de l'amour — est un personnage fictif, un héros de roman, et ne point détester l'auteur, qui n'en peut mais.

E. M.

LE NOUVEL AMOUR

EUGÈNE MARSAN

A

P A R I S

CHEZ MADAME LESAGE

Le Nouvel Amour

VOUS êtes vraiment majestueuse, comme il faut, bien vêtue. Aurez-vous jamais du chic ?

Parlé. — Votre chapeau, tendresse, a sa coiffe trop étroite, et votre jupe, n'est-elle pas trop longue ?

Allez, boudeuse ! Pourquoi cette moue qu'il est sûr que vous faites ? Moquez-vous donc de moi : vous êtes assez belle !

3

Pour enlever ses bottines, elle aime décidément à s'asseoir par terre. Je ne sais pas si elle a raison, elle est trop grande... Seulement, elle est toujours charmante parce qu'elle ne fait rien exprès.

. . .

Un instant, j'ai cru que votre bas retomberait, et il me semble (prenez-y garde) que j'aurais détourné les yeux. Vous devriez porter aussi, malgré tout votre système de jarretelles, de bonnes jarretières rondes, froncées à la vieille. Car vous ôtez votre corset avant vos bas.

Ce que je dis, ce que je pense, et ce
que vous comprenez, ne sont pas trois
mêmes choses. Si chacun de nous lisait
tout à fait dans le cœur des autres, nous
perdrions tous la tête.

PARLÉ. — Ne me dites rien de votre
amie Jacquine. Quand une Flamande a
cet air-là, elle l'a bien.

Pourquoi donc, avec cette bouche, avec
ces yeux que vous aviez, parlez-vous à
présent du ciel étoilé ? Quel amour véri-
table !

J'ai cru que vous alliez crier : « Oito
oh ! »

Elle entr'ouvrait les lèvres avec l'avidité des carpes de Fontainebleau, lorsqu'elles se précipitent sur le pain qui sombre. Je figurais à ses yeux de métaphysicienne l'Amour en soi; mais pour les fibrilles de son être (*caro, carnis*), j'étais l'ange ou l'animal que lui désigne mon prénom.

Elle a d'ailleurs la bouche un peu grande, mais qui m'a plu et me plaira.

. .

Quel bruit! Elle va casser toute cette porcelaine.

. .

Vous avez les hanches les plus fortes que j'aie vues à une femme svelte, l'épaule grasse, la nuque un peu bombée, autant de délices, et de beaux yeux gris ou bleus.

Mais je crois que je recommence à vous préférer cette Romaine — un souvenir — tournée pour paraître dans un Giorgione, et qui était donc cuivrée ou dorée, plutôt que brune.

Elle et moi, nous nous nourrissions de jambon de Parme, de brousse fraîche et de muscats, dans une soupente, au dernier étage d'un palais. Nous nous régalions d'une eau froide, dont la seule buée sur le cristal désaltérait. Tous ces plaisirs ensoleillés me suivent. C'est où va mon regard, vous savez, alors qu'il vous inquiète.

Ne croyez pas cependant que je méprise nos plaisirs septentrionaux : les mi-

racles de ce feu dans la grotte rectiligne,
ni toute la neige qui est sur vous, ni le reflet
de la flamme sur cette neige, ô Galsvinte !

. .

Que j'aime à vous voir debout ! Ne
croyez pas, belle fille, que votre vrai nom
vous aille mieux que celui que je vous ai
donné, la première fois, pour narguer un
peu tout ce nord qui régnait tout à coup
dans mes pensées surprises, dans mes
pensées charmées.

.

Lorsque je vous taquine, ne vous égarez
pas, ne vous agitez pas. Tout à l'heure,
votre flanc droit a soulevé le rideau. Les

8

passants vous auraient vue, beaucoup plus
belle que vous ne naquîtes, si je vous avais
rappelée brusquement.

Il est vrai que je vous aurai appris bien
des choses. Notamment qu'il est vilain de
geindre, et plus décent de se moquer,
lorsqu'on est triste. Cependant, je vous dois
réciproquement beaucoup. Comme il est
instructif d'aimer !

. .

Oh ! ne me rompez pas la tête, avec
votre *Lilienmilch* ! C'est une affreuse
chimie. Je préfère mille fois mon savon
de Marseille, avec trois gouttes d'essence.

Avant de rire, essayez. Vous ne savez pas ce que c'est, lorsqu'il est très bon, lisse et blanc, doux comme l'amande nouvelle.

Lilienmilch, lait de lys. Ce mot finira par me capter. Je vous en ferai un autre nom, pour vous nommer quand nous sommes tous les deux seuls, tout seuls au monde comme à présent.

Ce village de la Grèce, dont on m'a parlé, qui s'appelle Méligala, c'est à peu près la même idée. Mais le mot est plus noble... L'autre, pour un savon, que de poésie ! Vous avouerez que l'allemande est une langue nigaude.

. · .

Oui, voyons. Oui ! Je le sais très bien,

que vous n'êtes pas Allemande, mais d'une espèce de contrée exigüe bien que souveraine, dont les manuels pour le baccalauréat méconnaissent l'histoire.

. . .

Je ne suis point du tout fâché. Jamais vous ne fûtes si tendrement chérie. Je vous dis seulement : « Ne soyez pas agaçante! » Dans mes yeux, vous pouvez connaître le reste, et combien je vous aime. Je vous demande seulement de ne pas repartir dans vos nuages. Votre ingénuité me plaît surtout lorsqu'elle est un peu terre à terre.

Mains froides, cœur chaud, ou bien c'est la joue qui brûle.

.·.

Si tu avais un enfant, et qu'il fût de
moi, je te l'enlèverais. Je l'enlèverais, je
partirais, je m'en irais avec notre enfant,
je ne sais où... en Albanie.

Peut-être ne voudrais-tu pas d'un parti
si romanesque. Tu voudras garder l'enfant
avec toi, et te réconcilier à temps, et mentir.
Mais il me suffirait de connaître ton mari,
il me suffirait de l'apercevoir, je crois : j'aurais peine à t'aimer...Ainsi, quoi que tu ne
l'aimes plus, tu dépends encore de ton
ancien serment. Même refusée, ta personne n'est plus libre. Tu vois que je suis
gentil : je n'imagine pas que tu me sois
infidèle, et je t'ai mis des larmes dans les
yeux parce que je te l'ai dit. Attention.

12

Ne nous risquons pas, ou pas encore, ne nous risquons pas trop loin sur cette voie des confidences à perte de vue. Elles enchantent d'abord le cœur, puis le navrent, le laissent vide ou trop nu, mal content, comme dévalisé.

Toi et moi, si nous sommes deux fous, je ne suis peut-être pas le moindre. Battons-nous à coups de poètes, qui permettent de voiler. Tu verras que mes livres sont les meilleurs.

Mais ce que tu appelles mon prosaïsme, ce goût du vrai, cette cruelle et pitoyable curiosité (sans compromission), ce n'est pas toi qui le tireras au clair.

Dieu n'est pas bon : tu vois bien qu'il
pleut à verse.

.˙.

Ces gens qui marchent dans la rue,
dont tu entends le pas, et que tu ne
connais pas. L'un de ces inconnus de-
viendra peut-être ton ami sans que tu
saches jamais, ni lui, qu'un certain jour,
comme tu étais très émue, il a passé sous
ta fenêtre.

.

Ne crois pas que je devienne imbécile.
Sans moi vous alliez oublier votre
fourrure.
Tu avais plus perdu l'esprit que moi,
grande sotte !

14

Vous n'êtes pas dehors, et vous êtes redevenue timide. Je la connais, votre timidité d'apparat, je sais les grandes déterminations qu'elle cache ou plutôt qui la rompent soudainement.

. . .

Encore un peu de Xérès, pour vous donner l'idée du soleil qu'il fait en Andalousie. Un peu de Xérès, un dernier baiser, sans défaire votre rouge... Je voudrais vous aimer toujours.

. . .

Si je vous l'avouais à présent, que je vous aime bien, vous me croiriez. Et il y a un certain amour dont je suis peut-être incapable, un amour d'entière donaison.

Le désir et l'amitié m'enchantent pourtant. Et que les deux agréments se joignent, ou que l'amitié naisse du désir comblé, deux créatures auront mis la main sur un grand bonheur.

« Cette espèce bizarre de créatures qu'on appelle le genre humain... » Je cite Fontenelle, dans la *Pluralité des Mondes*.

. . .

Je voudrais t'avoir connue il y a longtemps, je voudrais que nous eussions l'un de l'autre des souvenirs d'enfance, petite fille, les mêmes souvenirs.

La Méchante

JE ne vous ai jamais demandé, je crois :
« A quoi penses-tu ? » Je vous ai
toujours caché un grand nombre de mes
pensées, toutes celles qui pouvaient nourrir
la faim de l'âme.

C'est pourquoi nous fumons tant de
cigarettes.

J'en suis toujours à me demander

comment vous avez fait pour que je vous surprisse une fois.

Jamais, dans le même moment, je n'ai tant vu de votre personne que ce premier jour, lorsque vous ne m'étiez rien encore, et que je vous étais si peu.

Pauvre petite chose ! Vous n'avez guère d'appâts visibles, mais vous connaissez l'empire de vos imperfections mêmes, celui de votre ligne mince et de son acuité.

Vous étiez capable d'avoir choisi — comme une héroïne de Bourget — l'heure du jour, vous aviez mesuré l'élévation de la lampe, vous aviez préparé jusqu'à la couleur, jusqu'au parfum de la chambre, et contrefaisiez pourtant la petite fille étonnée.

La grande pièce était sombre. Elle

était claire en deux endroits, claire près de vous, et claire sur la longue fourrure blanche où vous aviez probablement médité de tomber, devant les flammes rosissantes.

Aux fenêtres, la nuit était aussi noire que le fer de l'âtre, où les bûches mourantes donnaient la réplique aux feux lointains de la campagne.

Il avait plu sur les vitres.

Quel silence, ah! comédienne!

Comme vous avez bien su prononcer à mi-voix mon nom. De manière à marquer tout ensemble la surprise, le contentement, et que vous cédiez sans aimer au sourd instinct irrésistible. A quelle flatteuse Vénus!

Lorsque vous avez tué votre mari, il
était en passe de devenir ministre d'Etat,
et vous avez rendu un si grand service à
ses rivaux qu'ils vous l'ont peut-être payé.
Il a suffi qu'ils fussent adroits.

Vous ne l'avez point assassiné. Il n'est
mort que de peine.

On m'a dit que vous étiez allée jusqu'à
séduire un jour, séance tenante, votre dé-
ménageur. Je voudrais savoir comment
vous vous y êtes prise, et ce que vous avez
pu lui dire, pour commencer. Comment
ne l'avez-vous pas intimidé? Quel usage
du monde il vous aura fallu!

Je ne suis pas curieux de l'entre-deux.
Pas curieux de vos sensations avec un

autre. Et que ce fût celui-là ! En y repen-
sant, je crois que j'aimerais à apprendre
surtout combien vous avez tremblé de
peur, ensuite.

. .

Je vous ferai voir un jour, dans un récit
très bien conduit, de quel visage Mérimée
éclata de rire au nez de George Sand.

Je vous ai déjà touché un mot de cette
scène, légèrement et par allusion. Vous
me dîtes brusquement que je n'étais pas
Mérimée. Mais, ni vous Sand, chérie, bien
que vous soyez, à coup sûr, plus redou-
table.

Je vous ai seulement répliqué que ce
n'était pas la question, et par un raisonne-

ment général sur la logique féminine. Je
rompais, je me repliais, je cachais mes
armes. Il me semble que, contre vous,
presque tout est licite. Je n'avais pas encore
le courage de me priver de toi.

. .

Ils auraient pu fonder une société, les
amis de ton mari, un cercle, et la livrée à
tes couleurs.

Je meurs d'envie d'en discourir devant
toi à bouche ouverte, mais peut-être suffit-
il que je me rappelle tout ce que j'ai su,
et que tu le lises dans mes yeux, sans en
être tout à fait certaine.

22

Et je t'enlace pourtant, voici sur ta
bouche la mienne. Sale bête! Moque-toi
donc de moi un instant, sans rire, ou
donne-toi cette illusion, tandis que tes bras
me serreront comme malgré toi.

. . .

Je commence à le savoir, qu'il y a des
défauts pour créer de toutes pièces un
charme. J'en ai adoré une autre, petite
aussi et blonde, qui était brèche-dent.
Mais rassurante. La grâce imprévue de sa
bouche s'accordait aux enfances qu'elle
faisait. Au lieu que toi, dans ton apparente
débilité, on ne sait quelle terrible folie te
mène. Ni jusqu'où.

. . .

J'aurais parié que tu avais la jambe trop maigre et la poitrine nulle. Mais, après tout, c'est à peine si je le sais encore.

Si tu n'es pas laide, tu n'es pas jolie, assurément, avec ton étrange petit nez oblique et tout cet embrouillamini de ta face. Un miracle que le dieu Paris renouvelle tous les matins.

Je ne méconnais pas ce profond coussin de tes cheveux, où tu joues à faire l'endormie, ni tes yeux violets, quand filtre ce long regard, ni tant de grâces bien apprises, ô Perfide !

Tu vois, l'on te parlerait en style de tragédie.

Il n'y a pas d'horreur que tu doives prendre la peine de te refuser, n'ayant

que tes paupières à relever pour rattraper
l'innocence.

. .

Je te compare à un oiseau — laisse-
moi dire — à un oiseau des Iles. La chair
n'y est rien, tout est plume.

. .

Qu'il y ait encore des gens pour se
figurer une vie moderne, disent-ils, toute
privée de romanesque. Ils n'ont pas prévu
la guerre de cinq ans, qu'il ne faut pas
nommer des deux mondes, pour garder
un nom à celle qui pourra suivre, et ils ne
t'ont pas vue.

Assise sur ton divan, sage, réservée,
lustrée, polie.

Et tant d'affreux secrets dans ta bril-
lante petite tête. Tant d'affreux secrets
dans ce cœur méchant, à peine volup-
tueux, mais avide, tyrannique, mais facile
et égoïste à plaisir, et tout gâté, comme un
fruit.

Il te fallait des perles. C'est de quoi est
mort l'infortuné.

Votre mine de grande dame, comme
elle tombe vite, quand vous vous mettez
à couper un sou en quatre, en certains
cas ! Alors, tout charme s'efface : l'enfantin
regard lance des lames de couteaux, et
cette voix que vous tenez si douce, d'habi-

tude, quelle pitié, si vous saviez, de l'entendre, altérée par l'avarice ! Il m'est arrivé de vous y surprendre, et si vite que vous ayez recomposé votre visage, vous n'avez pas su vous empêcher de rougir.

C'est-à-dire que vous redeveniez soudain jolie.

Quels philtres remêlez-vous ? Je me défierai de votre thé.

. .

Vous me rendrez cette justice, que j'ai toujours tout craint de vous, qu'il n'y a pas de honte que je n'eusse redoutée, si vous m'aviez mieux tenu. Par bonheur, vous m'avez toujours senti libre, frémissant, prêt à échapper. L'ambition de m'asservir vous a rendue prudente. Je vous ai vue quelquefois qui m'observiez entre vos cils.

.   .   .

La mémoire de certains moments, où j'espère n'avoir pas entièrement révélé tout le plaisir que vous me donniez, me ramenait toujours.

Tourments du désir que la défiance traverse, et de la volupté, pour douce qu'elle soit, ou déchirante, qui ne s'élève pas jusqu'au bonheur.

Je vous aurais nommée mon enfant et ma sœur, si je l'avais pu sans remords.

.   .   .

Vous laissez le beau linge blanc aux belles femmes. Vous ne mettez sur vous

que des toiles d'araignée, bleues, vertes,
roses, si bizarrement coupées que votre
pantalon ne ressemble à rien.

L'on vous verrait trop bien au travers,
s'il n'y en avait tant que vous superposez,
sachant que votre forme a moins de
pouvoir que leur légèreté et leur chaleur.

Vous ne découvrez pas beaucoup plus
que vos bras et votre épaule, mais l'on ne
sait plus jusqu'où monte la soie de vos deux
bas. La vôtre rivalise. Si vous versez une
mortelle douceur dans toutes les veines,
une à une, votre tête n'est pourtant rien.
Qu'une ombre. La gouache d'un éventail.

. .

Vous voulez m'entendre et que je

contente votre malice, puisque c'est encore du jeune Raoul que vous me parlez. Je l'ai rencontré tout seul, l'autre jour, chez Mme X..., la joue en feu. Il m'a dit qu'elle l'avait d'abord baisé sur la bouche et qu'il s'était brusquement détourné pour lui tendre la joue, parce qu'elle a de fausses dents et qu'il craignait d'en être mordu.

Si vous souriez, ne croyez pas que je sois tombé dans un piège ni que je te fasse l'honneur d'être jaloux. Je sais que vous savez à présent tout ce que vous vouliez savoir, tant sur la dame que sur l'adolescent.

Vous souriez en outre, parce que vous songez que je ne serais pas plus fort entre vos mains, s'il vous plaisait, que cet innocent. Quand aurez-vous fini de vous trahir ?

30

··

Tout le monde a su que vous aimez à faire souffrir.

Savoir si mon tour viendra.

Ronronnez, ronronnez. Le temps que vous allongiez la patte, je serai loin.

Vous m'enseignez des plaisirs psychologiques qui me sont nouveaux.

Quand vous me menacerez bien, je vous imposerai un traité. Vous ne me livrerez pas à la calomnie, et je tairai que vous avez la jambe torte.

··

Ce sont des fluides, dont vous avez la disposition. Il vous suffit de bouger, sorcière, il vous suffit de ciller.

31

Il faut bien que je me convainque que
vous m'aimez, au moins un peu, du moins
à votre façon, puisqu'en signe de ce désir
que vous n'avouez jamais en clair, votre
regard vacille.

A peine si vous souriez, avec un air de
faiblesse, dans l'amas de vos mousses, qui
sont roses aujourd'hui. Dans l'amas de vos
mousses, pareille à un sorbet.

.

Vous êtes tout à fait comme ces glaces
aux myrtilles de l'été dernier, rouge et
douce-amère. Je les détestais et ne cessais
d'en reprendre. Vous laissez le même
arrière-goût.

32

·.·

Votre main immobile est d'une beauté
qui effraye, mince et veinée.

·.·

Pâle et léger bijou, ivoire, corail, est-ce
que vous respirez encore ? Je voudrais voir
un souffle traverser votre linge, ô poupée,
petite poupée !

Si je vous le disais pourtant... Si je
vous disais que je n'ai pour vous ni tendresse, ni faiblesse, nulle amitié, que je suis
sans confiance, que je ne sens pas même
cette obscure sympathie qu'il arrive de
donner à une passante. Jamais ne m'a-
bandonnerai. Jamais ne m'apitoierai. Le
misérable destin de l'humanité, ce n'est

pas toi, — ou c'est bien toi, de la tête aux pieds. Nulle autre que toi.

. .

Est-ce que tant de fragilité finira par m'émouvoir ? Est-ce que j'aurai besoin d'imaginer ce que j'aurais souffert, quand tu m'aurais trompé, si je t'avais aimée.

. .

Blonde, ce n'est rien dire. Tu es comme les blés à l'instant qu'ils ont cessé d'être verts. Comme une jeune pousse. Comme une boîte de poudre de riz ouverte dans un rayon de soleil.

Tu peux bien pleurer, à présent, tu

peux bien pleurer à te rompre les veines.

Tu sens à cette heure sans lumière quelle solitude est la tienne, que dans toutes les maisons du monde vivent des cœurs amis, et nul qui batte pour toi, non certes le mien, tu dois pourtant le deviner. Tu écoutes chanter la petite fille qui saute à la corde sous le reverbère. Tu te souviens de ta propre enfance et que tu te croyais assez bonne. Tu penses qu'un jour tu seras vieille, une laide vieille, à peine cette fleur de ta joue sera-t-elle fanée.

Malheureuse, à quoi penses-tu ? A quoi penses-tu donc, malheureuse, qu'un homme a plaisir à oublier ?

La Déesse Raison

Vous avez beau dire. Vous êtes une sorte de pieuse femme, dont la dévotion est à rebours.

Si vous étiez païenne vraie, vous compteriez douze grands dieux, ou du moins une foule de petits dieux d'humeur variable.

Il y en aurait un que vous chéririez par dessus tout : celui qui nous a conduits,

vous et moi, jusqu'au même lit sombre.
Vous rappelez-vous que nous avons tout
à coup cessé de nous bien voir? Il avait
mis son bandeau sur nos yeux.

Il s'est enfui, lorsqu'il a vu que vous
étiez plus près de pleurer, ingrate, que de
rire.

Vous dites que c'était votre conscience.
O ma pauvre amie!

. .

Nous nous connaissions à peine, oui.
Le premier enchantement passé, vous
vous apercevez que vous ne me connaissez
pas du tout. Il était bien temps! Si vous
aviez été bonne catholique...

Je sais (ne grincez pas des dents) que,

si vous aviez été bonne catholique, vous
pouviez pécher de même. Sans doute,
auriez-vous été plus curieuse de mon âme,
— bonne précaution — plus curieuse de
mon caractère, et vous seriez tourmentée,
peut-être désespérée : vous n'auriez pas
un tel dépit.

Nous ne disputerions pas comme nous
faisons, au travers de nos baisers... Quel
sera le dernier? Nous ne croiserions pas
méchamment nos paroles, nos regards, nos
silences.

. . .

Votre belle bouche, je me demande si
vous ne la frottez pas quelquefois de ce

piment qu'on nomme en espagnol dia-
blotin. C'est du feu.

A chaque nouvel amant, George Sand
croyait avoir reçu un ordre d'En Haut.
Vous n'avez pas fait tant d'expériences
qu'elle, mais plus avancée dans la contre-
église, vous n'avez pas la ressource de vous
croire en communication avec l'Etre Su-
prême.
Vous ne croyez pas au dieu des bonnes
gens. Votre dieu est une espèce d'Amé-
ricain qui ne s'est dérangé qu'une seule
fois, au commencement des choses. Depuis,
pour rien au monde ! Si vous saviez comme
il m'agace, cet hérétique, vous vous tairiez

sur cela, comme j'ai la politesse de faire, moi qui ne vous en dis presque rien.

Vous me laisseriez adorer en paix votre personne.

.

Décidément, si j'avais vécu du temps de George Sand, je me serais épris d'elle à force de la détester.

. . .

Vous me laisseriez vous adorer. Connaissez-vous l'étymologie de ce verbe ?

Tais-toi, ferme ta bouche, que je l'embrasse une fois, dix fois : voilà l'étymologie demandée, celle que je préfère (*os, oris,* la bouche, et non pas *orare,* parler).

40

Quant à *embrasser*, c'est prendre dans
ses bras. Comme l'un ne va guère sans
l'autre, le sens dérivé a prévalu.

Vous m'avez dit un jour que vous
désiriez voter, que c'était votre droit.

Vous ne m'avez pas encore pardonné
mon rire. Vous avez excommunié comme
il faut ce clérical et cet athée. Mais il avait
vos bras sur lui : la chaleur de votre forme
passait par eux, comme si votre sang s'était
répandu dans ses propres veines. Il n'a
pas ri longtemps.

. · .

Par surcroît, vos parents anarchistes

vous ont nommée Liberté! Bigre! Il n'y a
pas de nom de sainte qui ne soit plus
aimable.

Vous êtes capable de vous imaginer
que je vous méprise. Enfermée que vous
êtes dans vos idées comme dans une bou-
derie, vous devinez mal la tendresse, la
sympathie, la charité humaine.

Eve bien renfrognée...

Chacun de nous est si seul au monde!
Il n'y a bonheur que de refermer ses bras
sur une autre ombre. L'on imagine un
instant que le cercle est franchi. Ce sont
les âmes qui se veulent marier, et il est dur de
penser que les corps y réussissent à peine.

42

Lorsque je m'éloigne de vous, avant de
me rapprocher encore, et que vous per-
cevez les deux temps de cette action d'ad-
mirateur, vous rougissez, avec un petit sou-
rire d'orgueil. C'est un mélange que j'aime.

Ce qui émeut en votre visage, avec
le regard, c'est la lèvre pourpre et gon-
flée, le menton un peu gras, moins par-
fait, plus humain. Sentirez-vous combien
me séduit ce corps glorieux, la belle
hanche, cet arc de la taille ; et ce port,
qui donne envie de vous invoquer?

Je vous ai montré l'image des trois Grâces
de Regnault.

Celle de gauche, la tête un peu lourde,
serait encore plus triste qu'elle ne plairait

pas moins. Sous le bel œil rêveur, le menton est malheureux, l'épaule un peu serve ou vieillie. Le torse, un beau vase. — Son visage, doucement incliné sur l'épaule, au-dessus du bras qui l'enlace, celle de droite a un air de candeur; et, dans le profil de son jeune corps, une légère courbe à rendre fou. — Mais la plus belle, n'est-ce pas cette blonde, entre elles, qui les tient chastement embrassées, et dont nul ne verra jamais le visage?

Elles ne ressemblent pas l'une à l'autre, ni vous à elles. Vous êtes pourtant du même style.

. .

Ah! Romaine. Ah! Guerrière. Minerve aux sourcils rejoints.

44

Je mettrai devant votre portrait une branche de myrte dans un vieux vase d'église, blanc et or, 1830.

. . .

Vous souvenez-vous ? Vous ne vous donniez pas alors la peine de m'étudier. Vous me regardiez, ô raisonneuse ! Amour vous possédait. Vous baissiez de temps en temps les yeux.

Au loin, les gamins arabes s'évertuaient : *Le Cri d'Altjé ! Les Noubielles !* [1]

Votre maison était à la frontière des deux empires. Elle regardait le boulevard, la poste et l'école (laïque) ; de l'autre côté, l'allée sous les palmes, les escaliers, les

(1) *Le Cri d'Alger, les Nouvelles,* journaux algériens du soir.

terrasses, le ciel : cet autre monde que
vous n'aimez guère, où j'allais trop souvent
écouter les chants de Yamina ou voir
danser les Andalouses. Je vous apportais
des dattes, des massepains espagnols, des
loucoumes. Et je crois, à présent, que vous
auriez préféré des petits beurres — L. U. —
J'ai cherché aussi, mais vainement, ces
laitages italiens, frais dans leurs claies ou
sur le linge, et qui ont la forme d'une tresse
ou d'un fruit, — ces fromages, si l'on ose
dire, dont les bergers de Virgile nourris-
saient déjà leurs amours.

La lumière vous gêna soudain comme
un tiers.

Vous avez déroulé le rideau de toile.
Dans l'ombre, miroita toute l'eau répandue

sur les dalles blanches et noires. Le jour mettait à la haute fenêtre aveuglée un cadre d'or. La brise troublait votre robe.

Vous avez laissé tomber la hachette de votre éventail.

. . .

Vous avez la coquetterie de ne porter que du linge blanc, serré, éblouissant. Ainsi paraissez-vous deux fois comme un marbre : carrare et pentélique.

Chère, vous avez eu peur que je me méprisse, et j'étais seulement touché de votre enivrement.

. . .

Puis, vous avez voulu me prouver que vous étiez, sans religion, une honnête femme. Vous prononciez des mots abstraits à n'en plus finir, à dormir sans vous, dont votre éloquence emphatique ciselait les majuscules. Vous aviez entrepris, notamment, de me démontrer que les infirmières laïques diplômées ont plus de vertu que les petites sœurs.

Et moi, je me rappelais la longue prière matinale des femmes de ma race. L'une d'elles, tant elle fut malheureuse, ne pouvait plus prier sans voir paraître sur son cher visage en oraison des larmes qui la consolaient. Et elle prononçait, mais avec douceur, le même mot magique que vous répétez désespérément : « Justice ! » Elle mettait avec sagesse dans un autre lieu que la terre la source d'un si grand bien.

48

Votre bouche, remuée par les petits
mouvements de la parole, restait bien
belle... Je ne disais mot. Quel nuage a
passé sur mes traits ou dans mes yeux, qui
soudain déconcerta la douce pédante?

J'ai pris votre tête, votre fière tête, votre
pauvre tête fanatique, et l'ai reposée sur
mon épaule. Tel est le sort. Ni les caresses
ni le silence ne suffisaient plus. Vous aviez
besoin d'un mot de ma bouche, que je n'ai
pas su dire. Vous faisiez sentir à un libertin
le rôle du spirituel.

.

Je vous opposais, dans mon esprit, des

historiettes qui vous auraient scandalisée et qui me plaisent, qui m'ont ému.

Je me retrouvais dans une petite ville du sud italien, un soir d'été, entre quatre murs blanchis à la chaux, dans la compagnie d'une femme étonnée par l'étranger. Je l'avais trouvée assise sur le pas de sa porte. Ces logettes n'ont pas d'autre ouverture. Un seuil à franchir, la porte massive à refermer, un être humain à votre discrétion.

C'est la même chose là-haut, où les filles attendent et regardent, les unes comme des princesses des "Mille et une nuits", la plupart en vraies sauvages, et toutes sur leurs talons, leurs mains devant elles.

En pays chrétien, la plus pauvre dispose d'une chaise.

50

Elle avait une jupe de cotonnade à fleurs, un corsage à grosses manches, et l'un de ces vastes jupons de toile empesée que l'on mettait après la lessive sur une cage d'osier.

Je lui parlais dans sa langue, lorsqu'elle parut en corset à globes, pareille à une image de *Vertus sœurs* dans l'*Illustration*, du temps que j'étais garçonnet.

Nous nous plaisions, ainsi qu'il arrive dans ces rencontres, sans que l'on sache pourquoi, si vite. Je ne me rappelle plus le nom qu'elle m'avoua et qui était peut-être le sien. Elle avait vingt ans. J'ai vu dans le même pays de belles figues séchant au soleil qui tournaient en caramel. Elles lui ressemblent, — et à vous.

.·.

Elle gardait sur son épaule un dernier lambeau qui m'importunait. Car, en ce monde physique, certains veulent retrouver le tremblement d'une passion primitive, ils veulent rencontrer à la fin ils ne savent quel mystère, avancer jusqu'au point où la sensation est épurée en quelque sorte par son excès et par vertige. Mais, plus belle que vous ne pensez, en me pressant doucement :

— *E peccato,* disait-elle. C'est un péché. *La Madonna non vuole.*

Vos fictions, à vous, n'ont pas cette grâce ni cette douceur, où l'enfant reparaît dans la femme ; dans notre ambitieux dé-

nuement, le passé des cœurs dont nous
sommes nés.

Et si vous étiez païenne vraie, vous ne
vous mettriez en peine que de moi seul.
Vous laisseriez vos lubies, dont vous ne me
convaincrez jamais. Vous m'agacez, je
m'en indigne, vous m'étouffez, je vous
nomme Paule Bert.

Contre la marine une lame
Vient mourir
Je ne ferai plus rimer âme
Et soupir.

Je vous dirai : « Mon doux aimé
          Contemplez
La maison de béton armé
          S'il vous plaît.

Ou suivez à perte de vue
          Le baiser
Que reçoit la perche éperdue
          Du trolley.

Comptez les flots, vous ferez bien... »
          — O mon cœur,
Ne serait-il en moi plus rien
          Que laideur ?

Vous avez ouvert votre fenêtre sur la
Méditerranée, et vous regardez l'oscillation
indéfinie des vagues. Vous les entendriez

clapoter sur la pierre, — si nous étions
plus près — du même mouvement qui
berce les navires. A cette heure du soir
qui tombe, danse une lueur au sommet,
tandis que l'ombre flotte dans le creux de
chaque lame. Je songe, tu songes, nous
songeons... Il règne, sur la vaste nappe des
eaux, une majestueuse indifférence, dont
on a le cœur un peu plus serré.

Fumée... Tu songes que tu verras un
jour se répandre dans votre ciel la fumée
d'un triste paquebot. Et moi, sur l'autre
rive, je t'appellerai en vain, en entendant
sonner la moitié des heures de la nuit.

TABLE

Il a été tiré de cet ouvrage, le deuxième
de la collection « Le Sage et ses Amis »
20 exemplaires sur papier du Japon, numérotés 1 à 20. — 20 exemplaires sur papier
Roma Gris perle, numérotés 21 à 40. —
210 exemplaires sur papier Madagascar des
papeteries Navarre, numérotés 41 à 250. Il a été
tiré, en outre, 75 exemplaires sur papier Roma
jaune paille, numérotés en chiffres romains
I à LXXV, réservés à Monsieur Édouard
Champion, pour la Société des Médecins
Bibliophiles et les Bibliophiles du Palais.

Cet exemplaire porte le Nº *H.C* .

ACHEVÉ D'IMPRIMER
LE 24 JANVIER 1925
SUR LES PRESSES DES
ARTISANS IMPRIMEURS
F. LEFÈVRE, DIRECTEUR
23, RUE DE LA MARE
A PARIS (XX°)